Texte : Lucie Papin
Illustrations : Dominia

D0769888

Bambou à l'école des singes

À PAS DE LOUP

À niveau

1

J'apprends à lire

Dominique et compagnie

**Données de catalogage avant publication
(Canada)**

Papineau, Lucie
Bambou à l'école des singes
(À pas de loup)
Pour les enfants de 6 ans et plus.

ISBN 2-89512-045-5

I. Jolin, Dominique, 1964- II. Titre. III. Collection.

PS8581.A665B35 1999   jC843'.54   C98-941443-4
PS9581.A665B35 1999
PZ23.P36Ba 1999

Directrice de collection : Lucie Papineau
Conception graphique : Diane Primeau

Dépôts légaux : 1er trimestre 1999
Bibliothèque nationale du Québec
Bibliothèque nationale du Canada

ISBN 2-89512-045-5

Dominique et compagnie
Une division des éditions Héritage inc.
300, rue Arran, Saint-Lambert (Québec) J4R 1K5
Téléphone : (514) 875-0327
Télécopieur : (450) 672-5448
Courriel : info@editionsheritage.com

Imprimé au Canada

10 9 8 7 6 5 4

Nous remercions le Conseil des Arts du Canada de l'aide
accordée à notre programme de publication, ainsi que la
SODEC et le ministère du Patrimoine canadien.

LE CONSEIL DES ARTS | THE CANADA COUNCIL
DU CANADA | FOR THE ARTS
DEPUIS 1957 | SINCE 1957

SODEC
SOCIÉTÉ DE
DÉVELOPPEMENT
DES ENTREPRISES
CULTURELLES
Québec ::

À mon amie Marisol
et à tous les enfants
qui apprennent à lire.

Lucie Papineau

X

Aujourd'hui, c'est l'anniversaire de Jeanne.

Son papa lui apporte un très beau cadeau.

Oh ! C'est un petit humain. Il s'appelle Bambou.

Jeanne adore son cadeau.

Le petit humain adore sa Jeanne.
Il la suit partout.

Ce matin, Jeanne s'en va à l'école des singes.

Jeanne monte dans l'autobus scolaire.

Bambou la suit.

Jeanne entre dans l'école avec ses amis.

Bambou est tout seul. Il s'ennuie.

Bambou aussi veut aller à l'école !

Il grimpe jusqu'à Jeanne.

Monsieur le professeur a oublié ses lunettes.
Il pense que Bambou est un nouvel élève.

« En place pour la leçon d'aujourd'hui :
Les puces ! »

Les petits singes s'assoient à la queue leu leu.
Bambou aussi, même s'il n'a pas de queue.

Premier exercice : On cherche les puces dans le pelage de son voisin.

Bambou fait la moue. Il n'a pas un seul poil !

Deuxième exercice :
On attrape une puce entre ses doigts.

Bambou boude. Il n'a pas une seule puce !

Troisième exercice : On avale la puce tout rond.

Pouah ! Bambou déteste le goût des puces !

Quatrième exercice :
On apprend à compter les puces.

« Combien y a-t-il de puces ? »
demande monsieur le professeur.

Tous les petits singes se grattent la tête.

Bambou compte et compte encore.

« Il y a exactement huit puces, Monsieur ! »

Tous les petits singes applaudissent Bambou.

Bambou adore l'école des singes !

Et Jeanne aime beaucoup,
beaucoup son petit Bambou !